Marthe Seguin-Fontes

LE JARDIN DES ANNIVERSAIRES

ÉDITIONS DU CHÊNE

Ce carnet appartient à

Nom

....

Prénom

....

Adresse

....

....

Téléphone

....

Janvier
Gennaio
Januar
January
Enero
Januari

Gui
Mistletoe ∘ Guido
Vischio
Mistel

1
2
3
4
5
6
7
8

Murgröna
Efeu
Lierre

Ivy Edera

Janvier
Gennaio
Januar
January
Enero
Januari

9
10
11
12
13
14
15
16

Janvier
Gennaio
Januar
January
Enero
Januari

Ringblomma
Calendula
Maravilla Calendula
Souci

Kalender
Calendola

17 _____

18 _____

19 _____

20 _____

21 _____

22 _____

23 _____

24 _____

Janvier
Gennaio
Januar
January
Enero
Januari

25 _____

26 _____

27 _____

28 _____

29 _____

30 _____

31 _____

Crocus

Violet Violet Viol

Violetta

Violeta

Veilchen

1
2
3
4
5
6
7
8

February
Februari
Février
Februar
Febbraio
Febrero

February
Februari
Février
Februar
Febbraio
Febrero

Mimosa

Mimose

9

10

11

12

13

14

15

16

February
Februari
Février
Februar
Febbraio
Febrero

Jacinthe

Hyacinth

Hyazinthe

Jacinto

Giacinto

Hyacint

17

18

19

20

21

22

23

24

February
Februari
Février
Februar
Febbraio
Febrero

Giroflée
Violacciocca
Lövköja Atheli
Goldlack
Wall-Flower

25
26
27
28
29

1
2
3
4

Pervenche
pervinca
Vintergröna

Singrün
Periwinkle
Vincapervinca

March
März
Marzo
Mars

March
März
Marzo
Mars

Rosa Amarilla
Yellow Rose
Gul Rosa
Rosa Gialla
Gelbe Rose
Rose Jaune

5 _____
6 _____
7 _____
8 _____
9 _____
10 _____
11 _____
12 _____

Primrose Primel
Primula Primavera
Gulliva

Primevère

March
März
Marzo
Mars

13
14
15
16
17
18
19
20

Tulip Tulpe
Tulipano
Tulpan Tulipán
Tulipe

March
März
Marzo
Mars

21
22
23
24

March *März*
Marzo Mars

Lila Syren
Flieder
Lilac
Lillà Lilas

25
26
27
28
29
30
31

1

2

3

4

5

6

7

8

Brennkraut *Boto*
Buttercup *Bouto*

Avril
April
Abril
Aprile

...e Oro Smörblomma
...d'or Botton d'Ore

Avril
April
Abril
Aprile

Moss cabbage
Mossrose **Mossros**
Rosa Muscosa
Rose Mousse

9
10
11
12
13
14
15
16

Lily of the valley
Muguet
Muguete

Maiglöckchen
Mughetto
Liljko

17 _____
18 _____
19 _____
20 _____
21 _____
22 _____
23 _____
24 _____

Avril
April
Abril
Aprile

...alje

Narciss
Narciso
Narcissus
Narcisse
Narzisse

25
26
27
28
29
30

Avril
April
Abril
Aprile

Maj Mai
Maggio
Mayo May

Lirio
Iris
Schwertlilie

1
2
3
4
5
6
7
8

Maj Mai
Maggio
Mayo May

9 ——————
10 ——————
11 ——————
12 ——————
13 ——————
14 ——————
15 ——————
16 ——————

Coquelicot
Ackermohn
Vallmo Amapola
Corn Poppy
Papavero

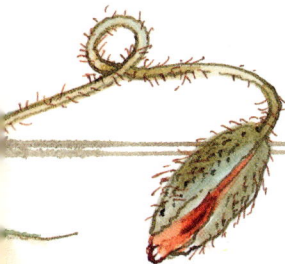

17 _____

18 _____

19 _____

20 _____

21 _____

22 _____

23 _____

24 _____

Lis Blanc

Lilie Lily Giglio

Azucena Lilja

Maj   Mai
Maggio
Mayo May

Maj Mai
Maggio
Mayo May

Peony Pfingstrose
Peonia
Pivoine Pion

25 _____
26 _____
27 _____
28 _____
29 _____
30 _____
31 _____

Vergissmein Nicht
Forget-me-Not
Miosotide
Miosota
Förgätmigej
Myosotis

Juni
junio
Giugno Juin
Juno

1
2
3
4
5
6
7
8

Juni
junio
Giugno Juin
Juno

9
10
11
12
13
14
15
16

Kamelia
Camelia

Kamelie
Camellia
Camélia

Juni
Junio
Giugno Juin
Juno

Akelei *Akjela*
Columbine
Aquilegia
Ancolía
Ancolie

17
18
19
20
21
22
23
24

Juni
junio
Giugno Juin
Juno

Gevatterblume
Prästkrage Daisy
Margarita
Margherita
Marguerite

25 _____

26 _____

27 _____

28 _____

29 _____

30 _____

July *Juli*
Julio Luglio
Juillet

Hortensia
Hydrangea
Hortensie
Ortensia

1
2
3
4
5
6
7
8

July *Juli*
Julio Luglio
Juillet

Stymorsviol
Pensée
Pansy

Stiefmütterchen
Pansé
Pensamiento

9
10
11
12
13
14
15
16

Sauge

Salbei

Salvia

Sage

17 _____

18 _____

19 _____

20 _____

21 _____

22 _____

23 _____

24 _____

July _Juli_
Julio Luglio
Juillet

July *Juli*
Julio *Luglio*
Juillet

Petunia
Pétunia
Petunie

25 _____
26 _____
27 _____
28 _____
29 _____
30 _____
31 _____

August
Agosto
Augusti
Aout

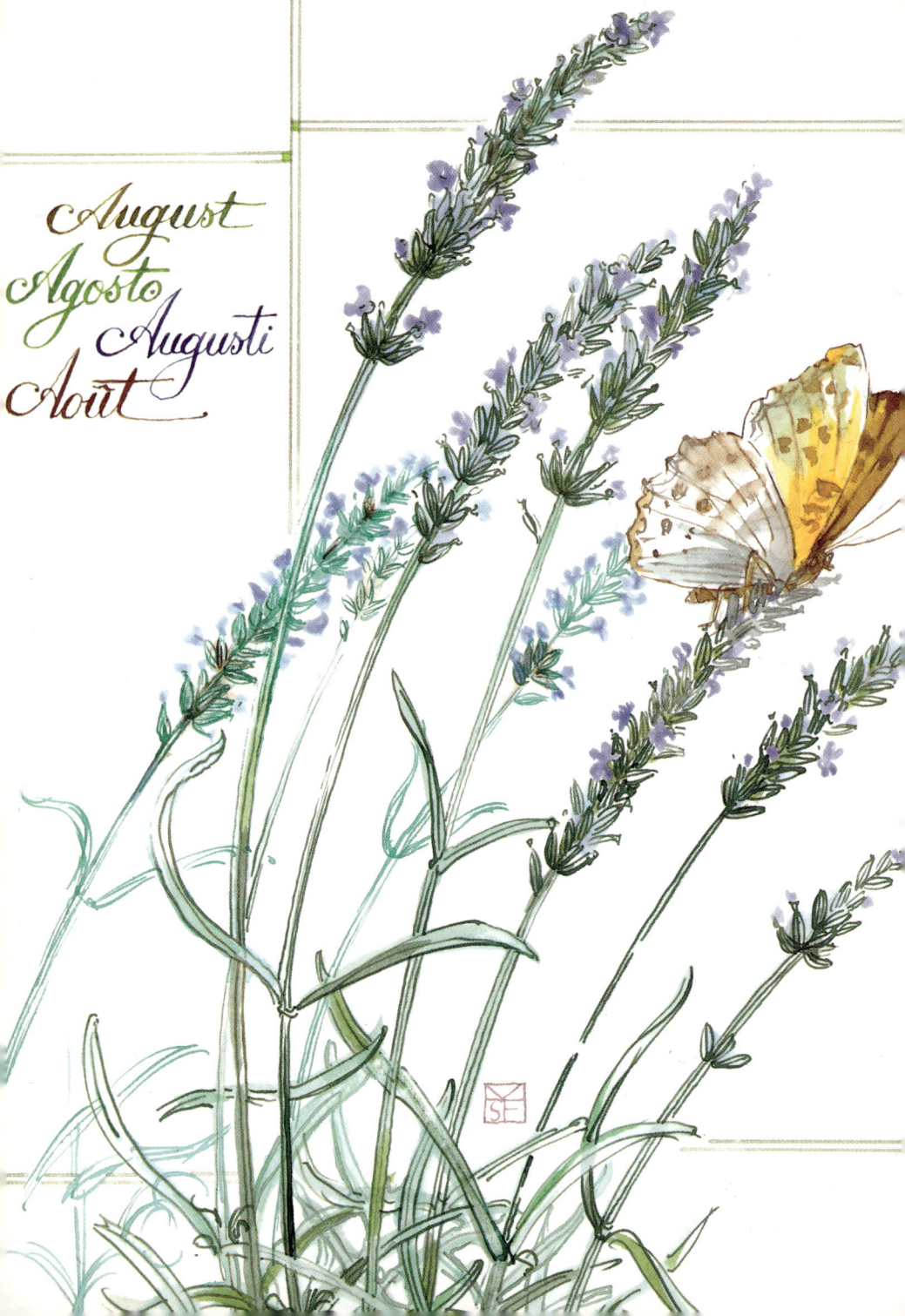

Lavandel
Lavande
Lavender
Lavendel
Lavanda

1
2
3
4
5
6
7
8

August
Agosto
Augusti
Aout

9
10
11
12
13
14
15
16

Fuchsia
Fuchsie
Fucsia

August
Agosto
Augusti
Aout

Eté
Grano
Trigo Wheat
Weizen
Blé

17
18
19
20
21
22
23
24

August
Agosto
Augusti
Aout

Nasturtium

Capucine
Kapuzinerkresse
Nasturzio
Capuchina
Indiankrasse

25 _____
26 _____
27 _____
28 _____
29 _____
30 _____
31 _____

Passionsblom

Passionsblume Passif

Passiflore Pas

Pasionaria

Septembre
Settembre
Septiembre
September

flower

1
2
3
4
5
6

Tournesol
Sunflower

Sonnenblume
Girasole
Girasol
Sobros

September
Settembre
Septiembre
September

7 _____
8 _____
9 _____
10 _____
11 _____
12 _____

Klee
Trifoglio
Clover Klöver
Trebol Trèfle

Septembre
Settembre
Septiembre
September

13
14
15
16
17
18

Septembre
Settembre
Septiembre
September

Dahlia
Dahlie
Dalia

19 _____
20 _____
21 _____
22 _____
23 _____
24 _____

Septembre
Settembre
Septiembre
September

Olivier
Ölbaum
Olive
Olivo
Olivträd

25
26
27
28
29
30

Myrtle Myrte
Mirto Myrten

1
2
3
4
5
6
7
8

Oktober
October
Ottobre
Octubre
Octobre

Hibiscus

Majagua

Hibiskus

Ibisco

Eibisch

9

10

11

12

13

14

15

16

Oktober
October
Ottobre
Octubre
Octobre

Laurier rose
Oleander
Oleandro
Laurel rosa

Oktober
October
Ottobre
Octubre
Octobre

17
18
19
20
21
22
23
24

Oktober

October

Ottobre

Octubre

Octobre

Crowfoot
Geranie
Géranium
Geranio
Pelargon

25 _____
26 _____
27 _____
28 _____
29 _____
30 _____
31 _____

November

Noviembre

Novembre

Colchique

Lichtblume

Colchico

Cólquico

tidlösa

Autumn crocus

1
2
3
4
5
6
7
8

Krysantemum

Chrysanthème

Crisantem

Chrysanthemum

9
10
11
12
13
14
15
16

Chrysanthème

November
Noviembre
Novembre

November

Noviembre

Novembre

Aster

17

18

19

20

21

22

23

24

Feuille morte
Dead leaf

November
Noviembre
Novembre

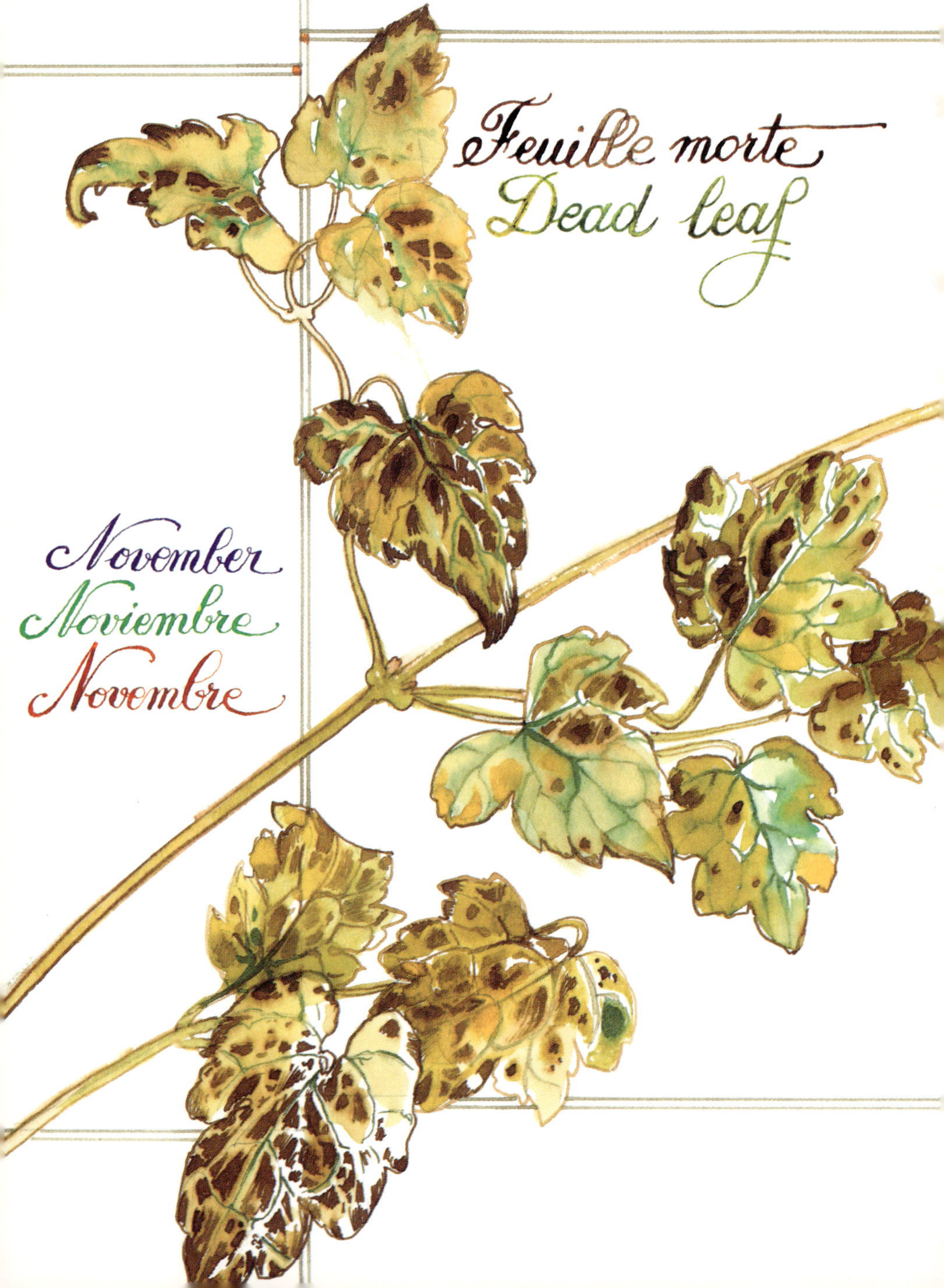

Dürres Blatt
Foglia morta
Hoja seca
Visset löv

25 _____
26 _____
27 _____
28 _____
29 _____
30 _____

Dezember
Dicembre
Diciembre
December
Décembre

Rosemary
Rosmarin
Romero
Rosmarino
Romarin

1
2
3
4
5
6
7
8

Cyclamen
Alpenveilchen
Ciclamino
Ciclamen
Cyklamen

Dezember
Dicembre
Diciembre
December
Décembre

9
10
11
12
13
14
15
16

Dezember
Dicembre
Diciembre
December
Décembre

Anémone
Anémona
Anémone
Sippa

17 _____
18 _____
19 _____
20 _____
21 _____
22 _____
23 _____
24 _____

Dezember
Dicembre
Diciembre
December
Décembre

Orquídea
Orkidé
Orchidea
Orchid Orchidée

Orchidee

25
26
27
28
29
30
31

Houx Holly
Stechhülse
Acebo Agrifoglio
Kristtorn

FLEURS ROSES

Acacia, *élégance*
Achillée, *consolation*
Althæa, *persuasion*
Amandier, *joie*
Amaryllis, *dédain*
Azalée, *amour
de la nature*
Bruyère, *solitude*
Chèvrefeuille, *amour
généreux*
Dahlia, *délicatesse*
Églantier, *poésie*
Géranium, *consolation*
Hortensia, *froideur*
Laurier-rose, *amour filial*
Liseron, *unissons-nous*
Œillet de poète, *désir
de plaire*
Rose mousse, *volupté*

FLEURS ROUGES

Camélia, *grandeur d'âme*
Chrysanthème, *je t'aime*
Coquelicot, *reconnaissance*
Cyclamen, *amour charnel*
Dahlia, *flamme*
Digitale, *fausseté*
Fuchsia, *docilité*
Grenadier, *élégance*
Hibiscus, *décoration*
Jacinthe, *tristesse*

Œillet, *amour pur*
Pivoine, *timidité*
Rhododendron, *danger*
Rose, *amour passion*
Trèfle rouge, *application*
Tulipe, *déclaration*
   d'amour

Rose de Noël
Christmas rose
Christrose Prustrot
Rosa di natale
Eléboro negro

FLEURS MAUVES

Anémone, *abandon*
Aster, *réflexion*
Colchique, *regrets*
Crocus, *gaieté*
Dahlia, *aie pitié de moi*
Glycine, *amitié précieuse*
Guimauve, *charité*
Iris, *heureuses nouvelles*
Lavande, *méfiance*
Lilas, *amour naissant*
Mauve, *douceur*
Orchidée, *beauté suprême*
Pétunia, *artifice*
Reine-marguerite,
   j'oublie le passé
Sauge, *bonne santé*
Violette, *modestie, pudeur*

FLEURS BLEUES

Ancolie, *folie*
Bleuet, *délicatesse*
Bourrache, *changement*
Centaurée, *bonheur*
Delphinium, *légèreté*
Hortensia, *froideur*
Iris, *bonne nouvelle*
Jacinthe, *constance*
Lupin, *imagination*
Myosotis, *ne m'oubliez pas*
Passiflore, *passion*
   mystique

Pensée, *souvenir*
Pervenche, *première*
    amitié
Romarin, *souvenir*
Volubilis, *caresse, volupté*

FLEURS BLANCHES

Asphodèle, *regret*
Camélia, *beauté parfaite*
Chrysanthème, *vérité*
Clématite, *beauté*
    intérieure
Fleur d'oranger, *virginité*
Fleur de fraisier, *bonté*
Jacinthe, *beauté discrète*
Jasmin, *sensualité*
Lilas, *innocence*
Lis, *pureté*
Marguerite, *préférence*
Muguet, *porte-bonheur*
Nénuphar, *pureté de cœur*
Pâquerette, *innocence*
Pétunia, *persuasion*
Rose de Noël, *grâce*

FLEURS JAUNES

Bouton-d'or, *tu es belle*
Capucine, *patriotisme*
Cytise, *noirceur*
Dahlia, *liens d'union*
Feuille morte, *mélancolie*

Apfelsinenblüte
Orange Blossom
Fiore d'Arancio
Fleur d'Oranger
Orangeblomma
Azahar

Giroflée, *fidélité
dans l'adversité*
Hémérocalle,
persévérance
Lis orange, *duplicité*
Mimosa, *sensibilité*
Narcisse, *amour de soi*
Primevère, *candeur*
Rose, *infidélité*
Souci, *chagrin*
Tournesol, *orgueil*
Tulipe, *renommée*

VERDURES

Blé, *richesse*
Capillaire, *discrétion*
Fenouil, *force*
Gui, *bonheur*
Houx, *force, agressivité*
Laurier, *gloire*
Lierre, *amitié éternelle*
Mousse, *amour maternel*
Myrte, *amour conjugal*
Noisetier, *réconciliation*
Olivier, *paix*
Palmier, *victoire*
Sapin, *pensées élevées*
Saule pleureur, *désespoir*
Trèfle, *chance*

Photogravure : Euresys, à Baisieux
Reliure : AGM, à Forges-les-Eaux
Achevé d'imprimer sur les presses de I.M.E.
à Beaume-les-Dames

Dépôt légal : 9448 - mars 1994
ISBN : 2.85108.815.7
34/0977/8